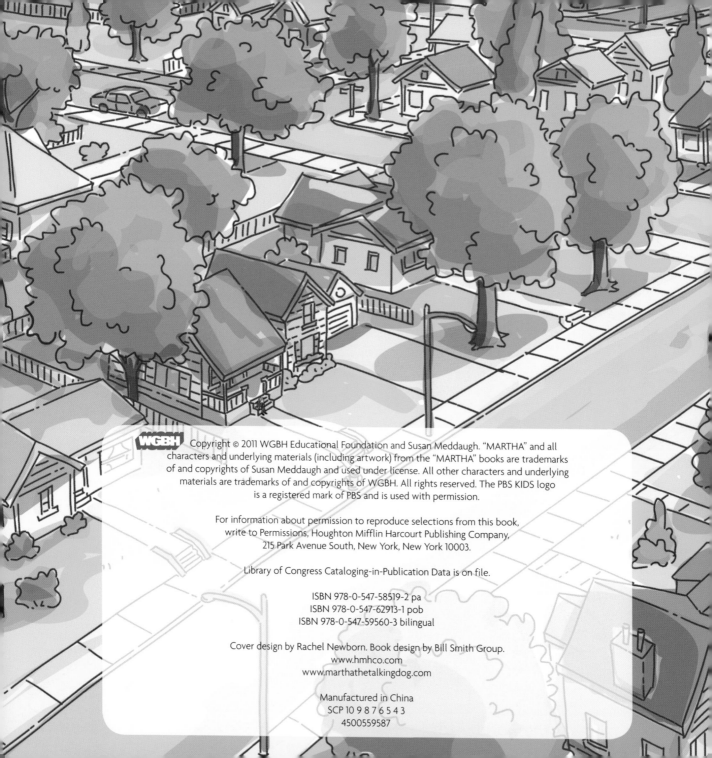

For information about permission to reproduce selections from this book, write to Permissions, Houghton Mifflin Harcourt Publishing Company, 215 Park Avenue South, New York, New York 10003.

Library of Congress Cataloging-in-Publication Data is on file.

ISBN 978-0-547-58519-2 pa
ISBN 978-0-547-62913-1 pob
ISBN 978-0-547-59560-3 bilingual

Cover design by Rachel Newborn. Book design by Bill Smith Group.
www.hmhco.com
www.marthathetalkingdog.com

Manufactured in China
SCP 10 9 8 7 6 5 4 3
4500559587

# A Winter's Tail

## MARTHA HABLA
## Perritos en invierno

Adaptation by Karen Barss  Adaptación de Karen Barss
Based on the TV series teleplay written by Raye Lankford
Basado en la serie de televisión escrita por Raye Lankford
Based on the characters created by Susan Meddaugh
Basado en los personajes creados por Susan Meddaugh
Translated by Carlos E. Calvo  Traducido por Carlos E. Calvo

Houghton Mifflin Harcourt
Boston • New York

**M**artha and her friends were watching the hockey playoffs.

"Go, team!" yelled Carolina. Then she noticed Skits cowering nearby. "I think my cheering scared your dog," she said.

**M**artha y sus amigos estaban mirando las finales de hockey.

—¡Vamos! —gritó Carolina.

Enseguida notó que Skits se acurrucaba en un rincón.

—Creo que mi grito de aliento asustó a tu perro —dijo.

"Skits isn't afraid of cheering. He's afraid of hockey pucks," Martha told her.

"It happened a long time ago," said Helen, "when Skits was still a puppy."

Martha and her friends all remembered that long-ago winter day . . .

—Skits no les tiene miedo a los gritos de aliento. Les tiene miedo a los discos de hockey —le dijo Martha.

—Ocurrió hace mucho tiempo —explicó Helena—, cuando Skits todavía era un cachorro.

Martha y todos sus amigos recordaron aquel día de invierno de hacía tanto tiempo...

That was the day they woke up to a wonderful surprise. A huge snowstorm and no school! Everyone ran outside to play. Everyone, that is, except Skits. He had never seen snow before and he was scared.

Aquel día se despertaron para encontrar una sorpresa maravillosa. Había una tormenta de nieve impresionante... ¡y no había escuela! Todos salieron a jugar. Todos menos Skits. Skits nunca había visto nieve y estaba asustado.

"What do you think, Skitsy?" Helen asked. "This is snow. It's fun!"
But Skits wouldn't budge.
"I know," said Martha. "I'll get Mr. Chewy! He can't resist Mr. Chewy."
And she ran into the house to get the squeaky toy.

—¿Qué pasa, Skitsy? —le preguntó Helena—. Es nieve, nada más. Y es divertido.
Pero Skits ni se movía.
—¡Ya sé! —dijo Martha—. ¡Iré a buscar al Sr. Muérdeme! Con él, Skits no
pondrá resistencia —y se fue corriendo a casa a buscar el juguete que chillaba.

"Skits, look what I've got," Helen said, squeaking the toy as she threw it up in the air.

"Who's going to get Mr. Chewy?" Martha called.

The kids got down on all fours and grabbed at the toy.

—Skitsy, mira lo que tengo —dijo Helena, haciendo sonar el juguete y arrojándolo al aire.

—¿Quién va a agarrar al Sr. Muérdeme? —gritó Martha.

Los chicos se pusieron a cuatro patas y agarraron el muñeco.

SQUEAK
SQUEAK

CUIII
CUIII

"I want Mr. Chewy," said T.D. with a growl.

"No, I want Mr. Chewy," said Alice.

Finally, Skits couldn't resist and he jumped off the step and into the snow.

"Hooray for Skits!" the gang shouted.

—¡Quiero el Sr. Muérdeme! —rezongó Toni.

—¡No! El Sr. Muérdeme es para mí —dijo Alicia.

Finalmente, Skits no aguantó más y saltó del escalón a la nieve.

—¡Bravo por Skits! —gritó la pandilla.

Soon, Alice's brother Ronald appeared with some friends.

"Instead of crawling around like babies, how would you like some real action?" he asked.

"You're on!" replied Alice. "We'll meet you at the lake with our skates."

Enseguida llegó Ronald, el hermano de Alicia, junto con unos amigos.

—En vez de estar gateando como bebés, ¿no les gustaría hacer algo más emocionante? —preguntó.

—¡Trato hecho! —respondió Alicia—. Nos vemos en el lago con los patines.

At Dog Head Lake, the kids set up their hockey rink.
Ronald pointed to a far-off area.

"If the puck lands over there," said Ronald, "it's out of play.
The ice is thin by the stream and it's too dangerous to go after it."

En el Lago Cabeza de Perro, los
chicos hicieron una cancha de hockey.
Ronald señaló el límite.

—Si el disco cae allí —dijo
Ronald— no lo busquen. Ahí cerca
está el arroyo. El hielo es muy
delgado y es peligroso ir a buscarlo.

Alice and Ronald faced off, while Martha, Skits, and Truman watched from the shore. Truman clapped his hands to keep warm.

Alicia y Ronald se pararon frente a frente, mientras Martha, Skits y Truman miraban desde el borde. Truman aplaudía para calentarse las manos.

But when Alice skated past and whacked the puck, Skits couldn't sit still. He took off, chasing after it.

"Skits! No!" yelled Martha. "You'll mess up the game."

But it was too late.

Pero cuando Alicia pasó patinando y le pegó al disco, Skits no pudo quedarse sentado. Salió corriendo detrás del disco.

—¡No, Skits! —gritó Martha—. Vas a arruinar el partido.

Pero ya era demasiado tarde.

Ronald had the puck, but not for long.

Ronald alcanzó el disco, pero no por mucho tiempo.

At first, Ronald was mad. But he changed his mind when he saw what happened next.

"All right!" he cheered, as Skits and the puck slid through the goal markers. "*Your* pup just scored a goal for *our team!*"

Al principio, Ronald se enojó, pero cambió de parecer cuando vio lo que ocurría después.

—¡Eso es! —animó Ronald mientras Skits y el disco resbalaban hacia la portería—. *¡Tu* mascota acaba de anotar un gol para *nuestro equipo!*

"Sorry, Skits," said Helen after she tied him to a tree. "Here, play with Mr. Chewy."

—Lo siento, Skits —le dijo Helena después de atarlo a un árbol—. Quédate jugando con el Sr. Muérdeme.

But every time the hockey puck went by, Skits pulled on the leash, trying to chase the puck. And every time he pulled, the leash became a little bit looser.

Pero cada vez que el disco pasaba por delante suyo, Skits tiraba de la correa tratando de alcanzarlo. Y cada vez que tiraba, la correa se aflojaba más.

Suddenly the leash untied and Skits was free. He chased the puck past the goal markers and right toward the thin ice!

*YIP, YIP, YIP!*

"Skits, no! Stop!" yelled Helen.

"Leave it, Skits!" Martha shouted. "Leave it!"

De repente, la correa se soltó y Skits quedó libre. Corrió detrás del disco, pasó por la portería y fue hacia el hielo delgado. *¡Fiuu, Fiuu, Fiuu!*

—¡No, Skits! —gritó Helena.

—¡Déjalo, Skits! —gritó Martha—. ¡Déjalo!

Skits slid to a stop just as a large crack appeared on the ice all around him. The kids gasped.

"Don't move, Skits," said Martha in her most serious alpha dog voice. "I'll get Mom and Dad. They'll know what to do."

Skits patinó. Al detenerse, apareció una grieta enorme en el hielo, que lo rodeaba completamente. Los chicos se quedaron paralizados.

—Skits, no te muevas —le dijo Martha con su mejor voz de perro parlante—. Voy a buscar a mamá y papá. Ellos sabrán qué hacer.

Martha ran home as fast as she could.

"Help!" panted Martha. "Skits is stuck on thin ice!"

With not a moment to lose, Martha and Dad ran back to the lake.

Martha fue corriendo a casa lo más rápido que pudo.

—¡Socorro! —jadeó Martha—. ¡Skits está atrapado en el hielo delgado!

Sin un minuto que perder, Martha y papá fueron corriendo hacia el lago.

"Hurry, Dad," said Helen. "The ice is breaking up!"

Dad tied a rope to the raft. Then he slid the raft toward Skits.

"Okay, Skits," he called. "Climb on."

But as Skits crept forward, the ice cracked again, and he stopped.

—¡Rápido, papá! —gritó Helena—. ¡El hielo se está quebrando!

Papá ató una cuerda al bote inflable. Después deslizó el bote hacia Skits.

—Muy bien, Skits —le gritó—. ¡Súbete!

Pero cuando Skits se acercó lentamente,
el hielo volvió a quebrarse, y se detuvo.

"That ice isn't going to hold him much longer," said Dad. "But how do you get a scared puppy to climb into a raft?"

—El hielo no aguantará mucho —dijo papá—. ¿Cómo lo hacemos para que un perrito asustado se suba al bote?

Scared puppy?
¿Perrito asustado?

"I know," said Martha. She ran back to the tree to get Mr. Chewy. "Tie Mr. Chewy to the raft," she told Dad. "Skits can hold on to it, and you can pull him back to solid ice."

—Ya sé —dijo Martha, y fue corriendo al árbol donde estaba el Sr. Muérdeme.

—Ata al Sr. Muérdeme al bote —le dijo Martha a papá—. Así, Skits querrá agarrarlo y tú podrás tirar para traerlo al hielo firme.

Dad tied the squeaky toy to the raft and slid it to Skits.
"Come on, Skitsy," coaxed Martha. "Grab Mr. Chewy."

Papá ató el muñeco que chillaba al bote y lo deslizó hacia Skits.
—Vamos, Skitsy —lo animó Martha—. Agarra al Sr. Muérdeme.

Just as the ice broke off underneath him, Skits lunged at Mr. Chewy and Dad pulled him to safety. Everyone cheered.

Justo cuando el hielo se terminaba de quebrar y se hundía, Skits saltó hacia el Sr. Muérdeme y papá pudo tirar para salvarlo. Todos celebraron.

"And ever since then," Helen said, concluding her story, "Skits has been afraid of hockey pucks."

Carolina scratched her head. "That doesn't make sense," she said. "He should be afraid of thin ice."

"Dog logic," said Martha.

—Y desde ese día —dijo Helena para terminar la historia—, Skits les ha tenido miedo a los discos de hockey.

Carolina se rascó la cabeza.

—Eso no tiene sentido —dijo—. Debería tenerle miedo al hielo.

—Lógica de perros —dijo Martha.

Helen smiled. "It comes in handy," she said. "Now we have a great way to keep him out of the garbage."

Helena sonrió.

—Pero nos resulta útil —dijo—. Ahora tenemos una buena manera de mantenerlo lejos del cubo de basura.